LO QUE HAY QUE VER

Martín Soriano

Martín Soriano

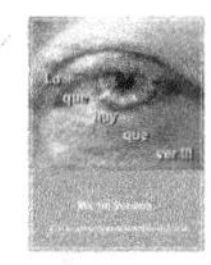

ISBN: 9798848678376
Sello: Independently published

Diseño de la portada de: Martín Soriano

Dedico este libro especialmente a ella, a el, y a los otros.
A los demas por supuesto, y también al resto.
Y a quienes me apoyaron, pero más a los que no, porque de allí saque fuerza y ganas para hacerlo.
Siempre pensé "Si, se puede", "Yes, we can".
Y aquí está.
Gracias a toda esa gente.
Por supuesto, mi madre, mi padre, Superman, Geraldine Chaplin, el presidente de Zaamhunda, y todo el resto de amistades de la Jet set.
Y en especial, a Don Severo Lacontra, que sin su inspiración, constante apoyo, y demás consejos, jamás hubiera llegado a imaginar tantos delirios como pude escribir aquí.

Fuera del perro, un libro es probablemente el mejor amigo del hombre, y dentro del perro probablemente está demasiado oscuro para leer.

GROUCHO MARX

PRÓLOGO

Estimadísimas personas:

Pocas veces en la vida (Quizás ninguna) me he quedado sin palabras. Sabiendo esto, mi amigo Soriano me ha pedido que escriba un prólogo a su obra, circunstancia que me llena del más sincero y feliz orgullo.

Somos amigos virtuales. Es decir, no nos conocemos en persona, al punto de dudar muchas veces, si nuestra mutua existencia es real y tangible. No lo sabremos, por el momento. En el mejor de los casos, un océano nos separa.

Este pequeño obstáculo no es factor determinante en nuestra afinidad, podemos entablar interminables conversaciones y disertar sobre íntimos y populares temas con la misma fluidez sin obstáculos más que los tecnológicos.

Esta paradójica circunstancia, que parece salida de la frondosa imaginación de Soriano, no es más que verdad pura.

Pero… ¿qué es verdad pura para Martín Soriano? Quizás leyendo ustedes este libro, concluyan en alguna respuesta.

Yo sé que para él es intimidad, historia, mascotas, delirio, gastronomía, ciencia, sensibilidad y ruptura. Sé que él puede mezclar todo eso en un cóctel no exento de humor. Puede plasmar toda su ternura y también toda su furia (Lo subleva la injusticia, este es un hecho fehaciente) en un mismo acto enérgico y vehemente.

Puede llenar miles de páginas con anécdotas verídicas, pues tiene una historia rica en vivencias y puede también, crear de la nada otras tantas sin esfuerzo. Su inventiva desborda toda continencia.

Sé que es un hombre que lucha, que no se detiene ante los obstáculos. Sufre, se desalienta y padece, como toda persona. Y aun así tiene siempre un momento, una palabra, un gesto para quienes más lo necesiten. En momentos de necesidad, ha puesto siempre al servicio de la humanidad su acertada ciencia. No exagero, sus dotes científicas están sin duda a la altura de cualquier desafío.

Es un incomprendido, como lo son todos los seres inteligentes de este mundo. Es un pensador marginal e inadaptado, que vive para exterminar sin piedad la mediocridad de sus horas. Y lo consigue.

¿Por qué continúo hablando de Martín Soriano cuando debo prologar su libro?

Simple respuesta: Martín Soriano ES su libro.

Él está en todo lo que hace y dice, desde el postre olvidado en la cenas clandestinas de Paula, hasta el lento despertar compartido con Sasuke, Cleopatra y Gloria, pasando por sus revelaciones (Podéis o no creer, eso no les quita mérito) Él está más que nada, en sus poemas. Yo creo que es su alma despojada de todo adorno, afeite o impostura la que vemos al leerlos. ¿Ironía? Por supuesto. Martín y yo sabemos bien que sin ironía ninguna poesía es posible.

Él está tan vivo y presente en este libro que leerlo es como verle, compartiendo una charla con amigos en el patio de su cueva.

Para mí, humilde y lejano servidor, este libro es una palmada en el hombro, un convite con alguna bebida espirituosa que generosamente nos invita Soriano, un guiño cómplice y mágico para que podamos ser parte de su particular partícula de universo.

Severo Lacontra

DE LARVA A MARIPOSA

O de como llegué a este punto

Es increíble que pasemos casi toda una vida sin darnos cuenta de nada. Que pasen casi sesenta años, para comenzar a descubrirlo todo. Sesenta me suena a mucho, pero dentro tengo muchos menos. Mi alma, mi corazón viven como con 30, con la estupidez de 60 sin haberme dado cuenta de nada. ¿Tanto tiempo de experiencia hace falta para darse cuenta que casi todo lo que creía importante no servía para nada? ¿Años de tener mucho, y de no tener nada, para poder ver de una vez? Hoy, comienzo a vivir con algo de felicidad. No sé qué hice el resto del tiempo, ¿tal vez aprender lo que no había que hacer? Que poco necesito hoy para estar bien. Este teclado, un poco de sonido apaciguante, mi perro, mis gatos. La tranquilidad de mi cueva. Y cuando digo cueva no es una metáfora. Es literalmente una casa-cueva excavada en una ladera. Profunda, oscura, silenciosa, cálida y fresca. Un lugar para estar bien, y donde aislarte, o donde hacer fiestas con los amigos en el patio exterior. Ni un piso de lujo, ni un gran chalet. No, esto es uno de los descubrimientos. Quien viva en una cueva, tiene un pequeño porcentaje asegurado de encontrar algo de felicidad. Y a partir de ahí, comienzas una metamorfosis. Si, te conviertes. Vas dejando atrás a mucha gente que creías que querías, pero no te quieren. Te humillan. ¿Pero de todos modos aceptabas, porque? Buscando cariño, aprobación..... y más. Conoces a otra gente, más simple, más sencilla, más amable, más natural, mas cariñosa, mas amorosa, y te vas quitando parte de ese mal que te pesaba. Y así, vas aprendiendo más, y más, y más. Aprendes nuevos trabajos, nuevas disciplinas, estudias, lees, y con todo eso, comienzas a quererte. Y ocurre casi como ese milagro de la transformación de la larva en mariposa. Hay gente que comienza a quererte. Sin importar nada. Si tienes, si no tienes, solo lo que eres por dentro. Como las letras del libro. El libro no es el paquete, es lo que cuenta. Y te vas liberando poco a poco de cantidad de cosas que te atan, te ataban, y descubres que sí, que esa gente está ahí. Que vales, que no eras lo malo que te decían los que no te amaban. Tal vez por envidia, por celos, o por algo, necesitaban tirarte a ti su desperdicio. Pero como decía un conductor sabio "El del camión de la basura y otros, me tiran mierda, yo ni siquiera me ofendo, la dejo pasar, y listo, ya se fue." Cuanto trabajo para llegar hasta aquí y aprender esto, pero como quiero ser feliz, necesito seguir. Quiero más, más gente como la que ahora estoy teniendo alrededor, y menos como esa que dejé que se vaya por ahí, sin insultar, ni difamar, ni agredir, solo eso, dejar que se vayan, los caminos se van abriendo, y cada uno coge el suyo. Gracias, de verdad, a quienes hoy me aman, me quieren. No creo en ningún Dios, pero tal vez Dios es simplemente todo eso. Y eso me hace vivir. Estoy aprendiendo lo que no sabía. Y recuerdo todos los malos momentos, mis malos pensamientos, uno a uno. Y veo que pena tenía, y como se va perdiendo. Si, se puede ser feliz, hoy, en esta cueva, luego de dos años de estar solo, pero solo, solo, Me voy conociendo a mí mismo. Y en ese momento, de conocerme en soledad, fue cuando comencé a quererme. Espero que cada uno de los que quiero, encuentren una cueva, aunque sea virtual, puedan encerrarse, y conocerse. Ese tal vez, es el día en que algo se te revela, o sea, cuando pasas de larva a mariposa.

En la cueva me acompañaban Sazuke, mi perro, podenco portugués, Cleopatra y Gloria, mis dos gatas, amantes y adoradoras de Sazuke.
Sazuke, aprendió a criar a los cachorros de Cleopatra (que en dos camadas fueron doce).

El también experimentó un cambio.
Gloria, llegó con 15 días de la calle, y bebió del biberón hasta que creció, dormía a diario en la barriga de Sazuke.
Todos aprendimos algo.
Hoy, después de años, seguimos los tres juntos, en algún lugar distante que no voy a revelar.

EL CIUDADANO ALEXEI

O de cuando había vivido en Rusia de pequeño

Recuerdo placenteramente aquella vez cuando nací en Escocia, y tenía solo cinco años. Fue al poco tiempo de hacerlo en Moscú a los dos años de edad. Que difícil es ir siendo ciudadano del mundo ya desde muy pequeño. Papá trabajaba en muchos países, y yo iba naciendo habitualmente en cualquier parte, y a diferentes edades, estudiando en diferentes colegios, y en algunos simultáneamente, lo cual me costaba bastante esfuerzo, pero me acostumbraba, y tenía amigos de muchos sitios , con los cuales, hablaba en cantidad de idiomas. Un día, llegó un gobierno internacional, autoritario, que unificó la documentación del planeta. Y desgraciadamente, me quitaron todas mis nacionalidades, mis idiomas, mis amigos, mis pasaportes, y ya no fui más ciudadano del mundo. Me convertí en un número más, que a veces puede y a veces no, cruzar alguna frontera. Sí, yo. Martillo Alexei Mc Gregor Dubrovkin .

UN RELATO GASTRONÓMICO, SIN FANTASÍA, PURA REALIDAD.

"Sobre el Glamour, cenas y un postre complicado" Relato de una aventura gastronómica

Era una noche agradable. En uno de esos guapísimos barrios de Madrid, el barrio de Salamanca.

Una cena clandestina, en un lugar secreto, hasta hacía pocas horas para un pequeño grupo de comensales. Un piso de lujo, o no según quien lo vea. En plena calle Hermosilla, un salón con tres sofás de cuatro cuerpos, y unas mesas bajas. Junto al salón un hermoso comedor. La decoración, no tiene la menor pega, la hicieron la anfitriona, y su pareja, el, por cierto, se dedica a la construcción y decoración. Ella, elegante donde las haya, como todo; el barrio, la calle, la casa, el piso. Junto al comedor, una pequeña cocina, de unos 30 metros cuadrados, separada del mismo, solo por un cristal blindado triple a modo de ventana escaparate, a través del cual se ve todo lo que ocurre en la misma, el sonido apenas pasa, así que no molesta de un lado hacia el otro. Lo lindo de esta cocina es que junto a la ventana de dos hojas de madera, originales de los años 30, hay unas cuantas hierbas aromáticas, y al abrir la ventana, ni siquiera hace falta poner el extractor, casi nunca. Ya conozco esta cocina casi como la mía. Llevo cocinando para Paula, ufff, ya un par largo de años, y más. No le gusta mucho que se lo diga, pero siempre agradezco que un día, me haya encontrado en Vizeat y me haya llamado para su proyecto, porque encontré una perspectiva diferente de la cocina y de muchas cosas, de la gente, de los barrios (Salamanca es un poco como era mi barrio en Argentina), de las buenas relaciones en el trabajo, y mucho más. Ufff, es cierto, me estoy yendo por las ramas, o los cerros de Úbeda...... Pues sí, la noche era agradable, nuestro menú estaba bien estudiado, todo estaba preparado para los dieciséis comensales, vajilla suficiente, unos noventa y seis platos llanos, más los cuencos para las cremas, las copas para el postre, las de las bebidas, los cubiertos y el resto de cacharros para los entrantes. Tal vez no era nada del otro mundo para algunos atrevidos, pero para alguna gente más tradicional, seguramente habría alguna sorpresa. Teníamos de entrantes, unas tarrinas de hummus, decoradas con unas mitades de masa de empanadas, planas, hechas al horno, que solo cumplían una función decorativa, y es que todas, tenían un sello realizado en la impresora 3D puesto a presión antes de hornear, con el logo y el isotipo de Paula, y quedaban muy bonitas, así como las galletas, que vienen con su marca en bajo relieve, pues así. Pusimos unas cuantas fuentes de edamame, preparado al vapor solo con sal, y un poquito de salsa de soja, y en algunos cuencos, una salsa estilo tonkatsu, eso a gusto de cada uno. Unas tapas de arroz venere, con nueces y salteado con mantequilla. Pues luego, y mira que me extiendo en descripciones, y voy a tratar de acortar, porque aquí, lo que quería contar, es lo del accidente del postre...... De primero, teníamos una crema de calabaza con pera y jengibre, con una perla de crema de coco. De segundo una ensalada de frutos secos, higos y brotes tiernos. De tercero y si mal no recuerdo, hicimos un arrollado de pechuga de pavo relleno de mozzarella, jamón de recebo, albahaca y tomates secos con unas patatas hasselback. El cuarto era un curry japonés, sin más, y luego quedaba solo el postre. Aquí quería llegar, y me podía haber saltado el resto, pero la verdad, ... no quería. Mientras íbamos emplatando el arrollado de pechuga, le digo a Paula "Houston, tenemos un problema,... no hay postre". Silencio, miradas. Pero como ya llevamos tiempo en esto, bastó con decirle, -Ya lo arreglo, ¿hay huevos? -Si, en la nevera. De postre, estaba preparando una receta que me gusta, que la encontré un día en Directo al paladar. Un granizado de tomillo. No es difícil Hervimos leche, apenas hierve agregamos azúcar y revolvemos, apagamos, y ponemos una bolsita con el tomillo a infusionar en la leche unos 5 o 10 minutos. El aroma es espectacular. Por otro lado, preparamos un almíbar de agua, azúcar y zumo de limón, una tercera parte del resto de líquido. Dos horas antes del momento de servir, se ponen ambas mezclas en un freezer/ congelador, y en 1:45 aproximadamente ya estarán hechas casi hielo, luego las mezclas, las pasas por una turmix (minipimer? o similar) y se queda una especie de sorbete, o granizado. Hasta aquí todo genial, si las cosas funcionan como deben. Pero ese día, el congelador de Paula, no funcionó como se esperaba. A las dos horas, las dos mezclas, seguían en estado líquido perfecto, así que de sorbete, o granizado, jaja, Na de Na. Y ahí surgió mi idea para salir del paso. Cuatro huevos, separé las claras. Una pizquita de sal, y a batir. Un punto de nieve compacto, algo antes del punto de merengue. Las dos mezclas estaban frías. Terminamos de emplatar el pavo y se sirvió muy rápido. El curry, estaba muy fácil, el arroz ya estaba en su punto, y el curry, cada día, más rico para mí. Listo, fuera otros dieciséis. Pues mezclé la leche con tomillo y el almíbar en un bol, le agregué, las claras a nieve, mezclé suavemente y lo serví en unas copas de estas de estilo Martini.... decoradas cada una con una ramita fresca de tomillo. Creo que hasta la misma Paula no llegó a darse cuenta de que nos habíamos quedado si postre, y que tuvimos uno nuevo. Pues este último, luego lo repetimos en otras dos ocasiones, porque quedó espectacular. El olor del tomillo, junto al sabor y la acidez del limón, y ambos dulces, dentro de la leche, con la suavidad de las claras, terminaron haciendo una especie de mousse, que quedo de maravilla. Y así, terminamos, otra noche de esas cenas clandestinas de Paula, que podía haber sido una más, pero no, porque en esta hubo vértigo para tratar de salvar los papeles, o sea, poner un postre donde no lo había, y porque me quedé con una receta que me encanta, esta mousse de tomillo limón y leche. Finalizado todo, ya entrando la madrugada, volví a guardar todo en mi bolso gigante de transporte, recogí mi equipo de viaje, coloqué todo en la moto, y emprendí la vuelta al pueblo, 60 km de viaje nocturno a las dos de la madrugada con la alegría de haberlo hecho bien. De verdad, como me gusta todo esto. Y más esos días en que trabajas sin red.

ESCRIBE ROBERTINO

Cuando un amigo se va.....

Madrid. Noviembre de 2015.

Esto fue lo que se preguntó un día Robertíno, el florista, que además adoraba la historia y escribía por las noches, mientras jugaba con sus dos gatas, les daba de comer, las miraba mientras trataban de saltar y no saltar por una ventana demasiado alta para escapar de un edificio, en el que mejor era correr por las escaleras interiores. Y quien era Robertíno, me pregunte yo, una noche, mientras escribía, mientras veía a Uma y a Fito, mis dos gatos, que me están observando desde la cama, ja.. nos observamos mutuamente. Estaría escribiendo Robertíno sobre mí? Volviendo a la historia, Robertíno, estaba escribiendo un relato sobre la vida de una persona sobre la cual había escuchado hablar en al barrio, en Ciudad Lineal. Un barrio de Madrid con una buena historia. Pero quienes habían escuchado algo sobre Nepomuceno? Dicen que Manolo el torero, no el que ahora trabaja en la plaza con las almohadillas, sino el que murió el año pasado, en su piso, de un infarto. El que ayudaba a Oscar en el bar. Pero también algo sabe Carlos Matez, el de las muletas, su abuelo lo había conocido. Junto con el de la liga comunista de los bancos. El que vivía enfrente. Ambos hablaban de él. Por un momento se descentró y se acordó del hombre del banco. Que historia......... En plena época de Franco, llevaba una especie de sindicato, o junta de obreros comunistas en la banca. Lo detenían cada dos por tres, y el comisario de la zona, que era su amigo, lo soltaba cada vez. Su esposa, que era mora, cosa que algunos en la familia niegan y reniegan (menos la nieta, que dice que es cierto) , al parecer era cocinera de la embajada de Francia en Tánger. O eso es lo que cuenta su hijo, el de la mora. Él dice que no es. Y como son las cosas, que del viejo comunista, y de la mora, les salió una nieta anticomunista, y xenófoba, pro nazi. Que vueltas que da la vida. Si el abuelo se levantara, se suicida. Pero volvamos al escritorio de Robertino, a su ordenador, sigue tratando de hilar la cosa. Quiere escribir la historia y no puede. En realidad no sabe por dónde comenzar. No sabe si recordar lo que escuchó en la calle, si salir a preguntar, entrevistar a la gente....... O inventárselo. Total ¿No habrá nadie vivo que sepa la verdadera historia de Nepomuceno Bolívar? Se levanta, abre una lata de gourmet, papilla de gatos, los acaricia, pone agua... Se sienta a mirarlos. Ya es tarde. Los gatos al final se acercan, piden mimos, maúllan un poco, los acaricia. Ya es entrada la noche. Casi todo Madrid duerme. Menos los que trabajan. El también cayó, en el sofá, con los gatos.

Dedicado a mi amigo Roberto, vecino del barrio, y excelente florista, que murió joven de un infarto, siendo deportista. Bueno, la vida no siempre premia a los buenos. O si, tal vez haya ido a algún sitio mejor. Lo deseo.

DE ALMEJAS Y DE PIEDRAS DE AFILAR

Otro de gastronomía

De qué va..Ufff que lío. Me puse a preparar unas almejas a la marinera. Bueno, ahora mismo estoy preparándolas, mi cena. Me puse a picar cebolla, me hubiese gustado cebolleta, pero aquí en el pueblo se consiguen pocas cosas y a Madrid, voy solo los martes, así, que cebolla. Bueno, me puse a cortar y picar la cebolla, y antes, elegí el cuchillo, y no sé por qué me vino a la cabeza un recuerdo.... Allá por el año 2003 estaba buscando una piedra de afilar, por varias tiendas de cuchillos de Madrid. Di cantidad de vueltas, y encontraba o las muy malas de baja calidad, o algunas japonesas con un sello muy bonito, de color rosa, rectangulares y que costaban una fortuna (algo así como 350,00 o más euros). Y desistí, porque no quería nada muy malo, ni gastar tanto. Un día, fui a un local a comprar un repuesto para un taladro eléctrico, y al dueño de la tienda, no sé cómo se me ocurrió comentarle eso que pasaba con las piedras (será que hablo de todo con todo el mundo, y sí, mucho además), y mira por donde, me sale el hombre con una piedra de color rosa, rectangular, y me cuenta que está fabricada en Japón, que el las usa para afilar todos sus cuchillos, y su familia también. Pues sí, en esa tienda, vendían también, las piedras japonesas de una afamada marca de herramientas de Japón, que se usan para afilar las cadenas de las motosierras, los cinceles de los martillos neumáticos, y más. Pues, por 10,00 euros, me llevé una maravillosa piedra que casi no tiene desgaste, y que es espectacular para afilar mis cuchillos japoneses, los de aquí, algún Tramontina que traje de Argentina, y lo que sea. Me encantó encontrar esa piedra, sí. Es maravillosa. Bueno, voy a ver si sigo con mis almejas. Ahh, el perejil, lo tengo siempre congelado, porque al pueblo solo algún miércoles llega perejil fresco, y si no, hay que hacer 30 Km entre ida y vuelta para comprarlo. Cosas de vivir medio en el campo. Alguna vez pensaste en mudarte fuera? digo, lejos de.......

MIS QUERIDOS ANIMALES

Los dueños de la casa

Frio. Movimientos. Apenas un poco de luz al fondo. Movimientos. Frio. Pero el edredón me abriga. Movimientos. Mi pie derecho, suave, si, levemente, será cleopatra. Frio. Mi pie izquierdo. apenas hay un temblor, ... esa es Gloria. Menos frio, a medida que comienzo a despertarme, el frío va en descenso. Torpe, torpe, el movimiento a mi izquierda, y pesado. Ufff, me molestas, o nos molestamos. Si, ambos estamos despertando. A mi izquierda Sasuke, mi adorable podenco portugués. Ya comienza a levantarse, si ve que yo hago lo mismo. Y al tiempo todos los habitantes de la cama, vamos haciendo el mismo gesto Eso que suelen llamar el desperezar, el estiramiento. Los cuatro al mismo tiempo, humano, perro y gatos, todos parecemos gimnastas en la cama. Nos estiramos. Lentamente. Luego, con pereza, nos vamos acercando, con ese gesto mañanero de pedir un mimo que nos dé la primera felicidad del día. Cada uno va adoptando su postura. Gloria se estira de punta a punta, Cleo agacha la cabeza para recibir mimos en ella. Sasuke hace honor a su humano responsable, se pone panza arriba, para que le hagan todo lo posible. Así comienza una mañana feliz en casa. Luego, ya habrá pienso, chuches, tostadas, un poco de pan para cada uno de las tostadas (porque aunque no somos personas, nos encantan las tostadas de los humanos.) Y así, poco a poco, nos vamos levantando, saliendo al patio, corriendo, jugando, saltando. Haciendo algún juego para comenzar el día hasta que el jefe se vaya, y nos quedemos aquí los tres amigos, haciendo de las nuestras en la casa. Que por suerte, no hacemos demasiado desastre. Sino, jaja, la que nos vendría encima..... ??? Ninguna. A este lo tenemos más que dominado. Le ponemos dos o tres caras de yo no fui y nos perdona todo. Si, algún cabreo cae, pero, no pasa nada. Seguimos siendo los dueños de la casa. Por suerte. Así somos, más que felices. Y el también.

MI EX- NADA

Algo que nunca fue, pero si

Y un día, encuentras a alguien, que te entiende lo que dices. Y que te dice palabras amables, y con cariño, esas que no escuchabas hace años, desde niño, que te aprecia, y tú también. Que te transmite su pulso, que te habla suave, y a gusto que te dice dulces sueños, que descanses, y te aprecio. Y que no es un dulce amor, pero puede ser con suerte esa amiga, que tanto sentimiento, y con tanto sufrimiento, te ayude en este momento a salir del mal momento en que estas hundido hoy, y que pasarás mañana.

Como no hubo romance ni nada, solo una hermosa amistad, para poder tener un tono romántico, le propuse ser mi EX. Pero como iba a ser mi Ex, si nunca nos vimos ni siquiera en persona ?? Y ahí fue cuando tuve mi gran idea...................... Serás mi EX nada. Y ella estuvo de acuerdo. Y un mutuo acuerdo, es algo de agradecer. Hoy es un lindo día. Mi Ex-nada y yo llegamos a un acuerdo. Decirnos a diario palabras lindas, de ánimo, de amor, de entusiasmo, no tienen por qué ir en contra de que no tengamos absolutamente nada. Así que mejor, que lo hagamos y así poder ser felices y animándonos uno al otro a encontrar algún día un verdadero amor. Y mientras apoyarnos, ayudarnos querernos, mimarnos, para que nuestra vida vaya lo mejor posible. No es un mal acuerdo. Verdad?

Dedicado a mi EX nada anónima.

REVELACIONES

Del más allá, o acá

Revelaciones

23-11-2010 Esta mañana, tuve una REVELACIÓN. En los próximos días, cientos, miles de Cocodrilos, colapsarán Paris, reclamando los derechos animales que el gobierno francés nunca les otorgó.

30-11-2010 Desde Teruel hasta Jerusalem, se trazará una línea compuesta por gaviotas, en línea recta.

Esto significa que la antigua línea mística de los cocodrilos del Nilo, nada tiene que ver con las reivindicaciones de los cocodrilos franceses en Paris.

Lo cual denota claramente, que Dios, no interviene en los conflictos de los reptiles.
Los budistas, no comen intestinos de mamuts congelados en Siberia.

8-12-2010 He tenido otra revelación:
Hoy bajó un ángel y me dijo:
Las tortugas andan lentamente, los arboles no.
Eso quiere decir que pese a la velocidad del planeta, los gusanos terminarán comiéndose a todos. A no ser que la elección sea la cremación.

25-12-2010 He tenido esta noche una nueva revelación.
Llegarán desde el cielo, unas enormes abejas electrónicas, que arrojarán una miel pegajosa sobre las poblaciones, luego de eso, con la gente paralizada, descenderán para comerlos uno a uno..

POEMAS

Poemas y escritos abstractos, insanos, impensados.......

Prepucio Anterior A Los Poemas.

Como puede ser, que ...
Que que?
Iba a escribir algo que pensaba.
Qué?
Que pensaba? Pues, se me olvidan tantas cosas.
Ahhhhh
Juan Carlos?
No, Abel.

Numeral

Hoy me compre un 28
Y como quería regalártelo
decidí multiplicarlo por 2
aquí tienes, te regalo un 56.

Cuántos 32 que hay.
pero también 287,
me encantan los 19
y los 192 por ocho.

Viva el 9 de julio,
multiplicado por ocho,
y dividido por siete,
y su raíz cuadrada
divida veinte veces
entre cuatro
y entre nada.

Cuántos 22 te traje
y cuantos desayunaste?

Me gustan los numeritos
y siempre los colecciono
tengo muchos 120 y muchos 84
guardo tantos 23 como dolores pies
y tantos 88 como he comido bizcochos.

Pero queridos amigos

de todos estos les digo
que yo tengo un favorito
y es más, es un capicúa
que tiene grande recuerdos
para mí y para otras
un palíndromo indecente
que practica mucha gente
si, que muy poco se mueve,
el famoso sesenta y nueve.

Los Gitanos Africanos

Los gitanos africanos
no son indios mexicanos,
no son altos
son enanos,
mas bien tirando a medianos.
Son ludópatas afganos
megalómanos rumanos,
son casi unos diminutos
elementos einstenianos.
Ni Tesla ni Garibaldi
jamás hubiesen soñado,
semejantes parecidos
ni tales desemejanzas,
entre la gente más rara
de todo el mundo viviente.
Ya sé que no es muy coherente
pero tampoco es locura
que tanto loco ande suelto

y tanto cuerdo este atado
pero este mundo nos toca
con Rajoy, Putin y Roca
por lo menos que tengamos,
que llevarnos a la boca.
Por eso amigos gitanos,
si, gitanos africanos,
desde España os decimos
un abrazo, Ohh, hermanos.

Alabarda Es La Palabra

Narde la turbe barna
Turbando la Ber tuban
Porque turba la barba
Si nada y su barba dan
Subarna ban.
Reco borda la subarna
Revocorta sir van an
Si retaba terban arma
Reno tornan sin banan.

Postal De Algún Lado

Postal de mí barrio
con ventanas de azul.

Postal del barrio de al lado,
con gente que se mueve a nado.

Noche de lluvia y misterio.

Noche de lluvia y andancia.

El metro tarda,
el autobús tarda,
la luna tarda,
la policía tarda,
la ambulancia tarda.

Tarda, todo tarda.

Al final, se murieron.

El lobo entraba por la ventana.

El verso acababa por la mañana.

Al final, todo se acaba.

Como el cola cao, el whisky y el caldo de la abuela.

A Mí Querida Mónica

Un Poema Que Debía, Y Lo Hice Con Cariño

Querida amiga Mónica
mi estimada mujer biónica
no sé si eres Vitta
o amiga de
Franco de Vita

Ya sé que algunas veces,
por mis palabras
o por mis heces
te pones celosa
también rabiosa
como una osa
cuando a ti no te escribo
y si lo hago, a otro amigo.

Son tonterías
son sasarías.

Yo ya sabía que
eras muy rubia
yo sabía que
no eras del norte
por eso sabia
que tú tampoco
jamás querrías
ser mi consorte.

Tu pierna derecha
está muy bien hecha,
tu pie derecho
esta maltrecho.
Tu dedo gordo
está muy gordo
y el meñique
es un alfeñique.

Ya sabes que el Rey de España
tiene mucha maña
y tú
a veces
muchas
te enmarañas
pero cuando
las arañas
se enredan
en sus telarañas
se ven atapadas

y casi desarmadas

Cuidado amiga mía
cuidado con tu tía
cuidado con Perón
Nerón
y con cualquiera
que sea un cabrón.

Ya sé que todo esto
no es más que
un desacierto
un burdo mal escrito
que no lo hizo un perito
ni siquiera un enanito
ni un viejo verdecito.
Es solo un burdo intento
de no hacer un descontento
a mi amiga mercedina
que no es decir mendocina.

Espero haber complacido
ese último pedido
de mi amiga la que es rubia
y por eso no es capaz
de hacer palabras cruzadas
ni sudokus ni ajedrez
ni otras arduas tareas
que el cerebro nos requiere.

Esto es lo que me decía
mi rubia amiga rumana

soy tan rubia que no puedo
ya ni siquiera pensar.
Mucho humor tenía Andrea
sabiase subestimada
por su condición de rubia
y también la de mujer.
Y por eso la recuerdo
como chica inteligente
que sabía hasta burlarse
de su propia condición

Ya le dije amiga mía
que esto se iba a hacer largo
pero nunca fuese amargo
el tener que leerlo todo.

Aunque ahora ya me aburro
escribo tal cual un burro
creo que voy a viajar
para luego relatar
aventuras de mudanzas
viajes, cuentos y alabanzas.

Y aunque esto es todo un delirio
me importa todo un carajo
voy a hacer una tortilla
de papa, cebolla y ajo.

Epílogo

Muchos de los personajes siguen vivos, otros ya no.
Me dieron alegría, emoción, felicidad, miedo, y otras cosas.
Seguiré teniendolos en mi pequeño mundo, el de mi mente, mi alma.Y cuando pueda, seguiré escribiendo y contando sobre ellos.Este primer paso, me da alas para seguir.
Al igual que a un deportista un triunfo.
Espero, que les haya gustado, y que en próximas entregas
me sigan.

Gracias, porque sin todos, todos ustedes, incluso los que lo leen, esto jmás jubiera ocurrido.

Martín.

Y sin Severo Lacontra, esto jamás se hubiera creado.
Gracias Maestro.

AGRADECIMIENTOS

Agradezco a todos/as/es.

Al mundo que he visto.

A mi propia locura.

A Celina, Luciana, Izaskun, Kaoru, Rosana, Gerardo, Damián, Andrea, Guti, Jorge, Abraham, Chema, Cinta, Filo, Kyu; María, Emilio, Delfina, Sandra, Estherova, Alfonso, Silvia, Tommy, Olivia, Fernando, Barbara, Noemí, Diego, Sidney.........

Y muy especialmente a mi madre, mi padre, mi hermana Vicky, Hernán, Marina, Marina, Pablo y a mi amor, que a veces me entiende y otras no, pero de igual, Patricia. Y si me olvido de alguien, disculpen.Y a otros, no los nombré

porque no lo merecen (jijiji).Gracias por todo.

AGRADECIMIENTOS

ACERCA DEL AUTOR

Martín Soriano Siritto

El autor, desde pequeño no ha dejado su trasero puesto en una silla mas de media hora.
Nació en Buenoas Aires, Argentina, hace bastante.......
Ya con seis años quizo trabajar en una fábrica de pastas frescas (cosa completamente prohibida).

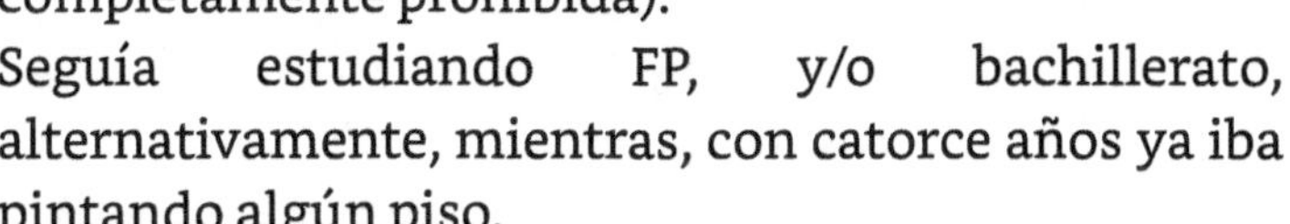

Seguía estudiando FP, y/o bachillerato, alternativamente, mientras, con catorce años ya iba pintando algún piso.
Con quince se estrenó como ayudante de dirección de teatro, y un par de años más tarde, técnico de luces y sonido en esa misma rama.
Luego del servicio militar, y de haber pasado como colaborador voluntario por el jardín zoologico, en ratos libres, con las serpientes, comenzó sus trabajos de cine.
Primero como ayudante de producción, luego de dirección, y luego en efectos especiales.
A las veintiocho años, emigró a España, donde ha

sido fontanero, pintor, administrador de sistemas informáticos de un ministerio, escultor, director comercial de una pequeña multinacional japonesa, diseñador 3D, técnico electrónico, cocinero, y algunas cosas más, como recorrer algunos paises de este mundo.

Acualmente, escribe y hace algúnas cosas más. Sin poner su trasero en una silla, mas de cuarenta y cinco minutos (los años pasan).